얼룩이라는 무늬

김선아

1955년 충남 논산에서 태어나 동국대학교 국어국문학과를 졸업하고,
2011년 『문학청춘』 신인상으로 등단했다.
treeksa@daum.net

황금알 시인선 159
얼룩이라는 무늬

초판발행일 | 2017년 11월 30일

지은이 | 김선아
펴낸곳 | 도서출판 황금알
펴낸이 | 金永馥
선정위원 | 김영승 · 마종기 · 유안진 · 이수익
주간 | 김영탁
편집실장 | 조경숙
표지디자인 | 칼라박스
주소 | 03088 서울시 종로구 이화장2길 29-3, 104호(동숭동)
물류센타(직송 · 반품) | 100-272 서울시 중구 필동2가 124-6 1F
전화 | 02)2275-9171
팩스 | 02)2275-9172
이메일 | tibet21@hanmail.net
홈페이지 | http://goldegg21.com
출판등록 | 2003년 03월 26일(제300-2003-230호)

ⓒ2017 김선아 & Gold Egg Publishing Company Printed in Korea
사진 · 허난영

값은 뒤표지에 있습니다.

ISBN 979-11-86547-77-9-03810

얼룩이라는 무늬

김선아 시집

황금알

시詩여!

절에 든 도둑이 보물 한 덩이 둘러메고는 밤새도록 도망쳤는데, 동트고 보니 절 마당 석등 앞이었다지요. 당신과 작별하고 전력 질주, 멀리로 내달렸다 여겼는데, 세상에나! 여전히 당신 심장에 나를 칭칭 동여맨 채 두 팔을 휘젓고 있었습니다.

2017년 가을

김선아

차 례

2부

3부

4부

1부

나는 가야지

　사막에서는 뼈다귀가 나침반이라지. 고독이란 말이 화사한 세상에서, 순도 높은 야생성 고독의 유일한 서식지는 사막이라지. 누군가는 이런 신기루 같은 사막을 마지막 순례지로 갈망한다지. 죽음이 산목숨을 필사적으로 당겨 각을 뜨듯, 모래 수렁이 가시를 세울 때면 뼈다귀마다 높은 음계 돋아난다지. 순결한 고독을 찾아 헤매는 순례자의 발바닥을 마구 간질인다지. 간지러움은 목숨을 부지해주는 매혹. 내 안의 사막에서 맨발을 분실한 나는, 모래알 틈새를 넘나드는 순례자처럼 발가락뼈에서 간지러움의 음역 골라낼 수 있을까. 내 정신의 간지러움 되살아나 뼈다귀의 화살표를 따라갈 힘 생겨날까. 뼈다귀에 홀리는 일은 사막횡단지도를 손에 넣고 반짝거리는 일이라지. 죽음의 칠흑을 골똘히 믿어보는 동안에도, 사막은 북극성 별빛까지 뼈다귀 속에 쟁여두고 반짝인다지.

겨울 강

거두절미의 자세가 저것일까. 세상사 밑바닥 혼자 견디는 겨울 강을, 꽝꽝 얼어 혹독한 빙판에 이마도장 무릎도장 새겨 넣듯 오직 한 가지 자세로 드문드문 놓아준 억새방석마저 밀쳐놓고, 천만 개의 손으로 잔등을 덮어주려 다가서는 함박눈마저 거절하고, 삶의 급물살에서 빠져나와 숨소리도 납작 엎드린 겨울 강을, 어서 몸 일으키라고 잡아끄는 북풍의 가슴깃도 끝끝내 털어내는 저 겨울 강의 시린 어깨를, 본다. 따순 물 한 숟갈 떠 넣어주려 무릎 세우다 어둠 속에 주저앉는 저녁노을의 눈꼬리도 가만가만, 눈물 마를 때까지 본다.

말문

을왕리 해변 불타는조개구이집. 불꽃 넘실거리는 불판
위에 침묵 한 바가지 쏟아 부었다. 그 침묵은 금방 터지
고야 말 것 같은 내상, 푹 익은 비명을 숨기기에 나긋하
고 촉촉한 입술을 가졌으나, 누군가에게는 끓는 물에 제
혀를 녹여낼지언정 절대 발설하고 싶지 않은 서러운 비
경이 있는 법. 그렇지. 핏물이 배어나온 이후 한참을 더
불 지펴도 새파랗게 혀 하나 상하지 않을 묵묵부답의 경
지가 있는 법이지. 그 사달의 전말 같은 붉은 마음을 해
감하려다, 멀리서 휘청하는 밀물에 또 한 번 물렁 입천
장이 들뜰 것이다. 침묵은 키조개의 관자처럼 잘 영근
말문. 해풍이 태연자약해질 때를 기다려 파도소리처럼
혀뿌리를 식힐 것이다,

불판이 식은 후에야 비로소 별빛이 말문을 쏟아내었
다. 잔이 비어 가고 있었다.

구절초

산복도로에서, 피어나는 꽃의 극치를 보았습니다.

꽃은, 외줄에 올라타는 그 순간까지 끝끝내 참아왔던 한숨의 새하얀 폭발이었습니다.

꽃은, 비루한 사랑이 오히려 더 절절하다는 걸 알기에 정처 없는 허공에서 잠시 휘청할 뿐,

꽃은, 오리무중 먼 벼랑 끝에서 한사코 비탈진 영혼을 향하여 한 발 한 발 내디디어 볼 뿐,

꽃은, 스스로 몸 꺾어 아픈 제 맘속을 들여다볼 줄도 모릅니다.

다만, 눈물이 앞서 기다리는 곳, 산복도로에서 들려오는 꽃의 노래가 절창이었습니다.

까맣다

꽃 진 자리를 문질러 본다. 적막의 뒷모습이 주르륵 밀린다.

뜨거운 호흡 지나간 혈관마다 눈물이 가라앉아 까맣다.

버림받은 자가 가엾으니까, 떠나간 자가 남겨 놓은 체온이 저러할 듯싶다.

손톱 밑에 못 박힐 때 피어나던 빛깔 같은

꽃잎 하나,

적막의 뒷모습에 말라붙어 있다.

마저 문질러 본다.

상강 霜降

저만치

새는, 찬 하늘이 간직해 온 본심을 맨 처음 눈치챈 장본인이다.

새는, 허공의 시린 속살에 콕 박혀 있던

새는, 고드름같이 뾰족한 눈물을 꽁짓털로 쓰다듬는다.

새는, 주먹밥처럼 뭉쳐 연명해야 할 서릿발을 털어내고는

새는, 진하고 독한 냉기를 뜰채로 건져 가슴털에 묻는다.

새는, 눈물에 묻은 냉혈이 오히려 더 날 세우면

새는, 지상의 이마에 온기 돌아오기 힘들까 봐

새는, 별 문신 새겨 넣은 새벽안개가 속눈썹처럼 떨고 있을 즈음

새는, 가는잎억새빛 깃을 또다시 여민다.

눈부신 아침이었다.

독락獨樂

사대육신 오장육부도 각기 딴 주머니를 차고 있어야 한 숨통으로 두근거리지.

들숨과 날숨도 서로 어깃장을 놓아야 비로소 말문 터져 소곤거리지.

간혹
외로움이
짐승처럼 울부짖더라도
당신, 속
겹겹의 빗장 걸어 가둬 두시길

죽어 합장할 무덤도 칸칸 두 구덩이로 나뉜 뒤에야 한 봉우리로 솟아오르지.

11월에 듣는 샤콘느

파경破鏡 조각 삼켰을까, 어스름이
저수지 아래로
만장輓章처럼 주저앉는다.

싸늘한 갈바람이 우후 빗발친다, 무정한 사람의 눈빛
이다.
눈물 닦아라, 막막함이 사랑이다, 등 두드려 주는 건
실컷 울고 난
새의 목덜미같이
구부러진

적막뿐,

터널 속으로 재빨리 사라져 가는 기차에게 위안은 무
엇이었을까, 어스름이
약사발빛 어둠 쪽으로 오므려 앉는다.

첫눈 오는 날

첫눈 오는 날 애인에게서 전화 한 통 없자, 나 자신이 마치 종이컵이 없는 줄도 모르고 자동판매기 버튼을 눌렀을 때, 바닥에 왈칵 쏟아져 내린 커피 같다는 생각을 했다. 화력 센 연탄불이 빙판에 내팽개쳐졌을 때의 기분이랄까. 울음주머니 터져 바지자락이 흥건해진 느낌이랄까. 하필 그때 첫눈이 내렸기에, 이지러진 눈꽃 몇 내려놓는 가로등에게 첫눈이 오히려 쩔쩔매며 미안해하였기에, 열망도 흥분도 무참해진 쓸쓸함의 뺨에 여전히 따뜻한 혀를 살짝 대어보았다. 혀를 대어보는 건 영혼을 쓰다듬어 보는 것과 동의어라 생각했다며, 애인에게 먼저 전화를 할까.

한통속옷

　함박눈이 펑펑 내리는 날이면, 젊은 날의 풍경을 광목 홑청처럼 다듬곤 합니다. 때로는 한통속옷을 지어 그 밑단까지 박음질하다 다시 실밥을 풀어내기를 반복합니다.

　실험실에서의 첫 키스, 군용열차 속 실반지, 쫓기는 남자와 숨겨주는 여자의 밀약, 모든 인연을 한통속에 다져 넣고 이제는 박음질을 끝내자 작정하던 순간이었습니다. 버스 맨 뒷좌석에 앉아 있던 어린 연인이 나 집에 가지 않을래 보채던 속삭임과 차마 어쩌지 못하고 애인의 손만 꼭 쥐고 있던 청년의 숨소리가 들려왔습니다. 하마터면 그 설렘을 빼먹을 뻔했습니다.

　함박눈은 내리고, 애인과 한통속에 갇히는 고립무원의 그 꿈에 홀려 눈길을 걷습니다. 발자국 바늘땀이 점점 촘촘해지다 곧 희미해져 갑니다.

묘약인 줄 모르고

가랑비에 나팔꽃 넝쿨손이 한 뼘은 더 자랐다.
넝쿨손의 외로움이 두 눈 부릅뜨고 빗줄기를 붙잡은
탓이다.
극도의 안간힘으로 빗줄기를 받아들인 탓이다.

빗줄기를 뚝뚝 끊어내며
함께 받쳐 든 우산을 포옹이라 우리는 믿었다.
격정의 사랑이라 믿었다.

빗줄기는 우산이 안타까웠을 것이다.
우산 안쪽은 비의 씨앗을 배양할 수 없지 않은가.
하나의 우산을 쓰고, 샤콘느를 나눠 듣고, 혀 깊게 포
개어도
우리가 외로운 치명적인 이유이다.

빗줄기는 하늘이 내려준 밧줄.
도막난 밧줄로는
서로의 심장을 동여맬 수도 사랑을 연명할 수도 없지
않은가.

꿈은 먼 곳에

입맞춤 마구 퍼부을 수 있는 거리를 꿈꾸었으나, 그 마음의 거리를 용수철처럼 한주먹거리로 둘둘 말아 움켜쥐고 있다가 느닷없이 탁 놓아버릴 것만 같은 당신. 무릎 오므리고 얼굴 파묻는 서러움을 직선의 수치로 환산하여 풍비할 것 같은 낯선 권법, 눈 감았다 뜨면 소낙비처럼 얼른 낯빛 바꿔버리는 변속이었습니다. 회오리였습니다. 어지러운 꿈 견딜 수 없어, 밤하늘을 유령처럼 더듬다 심장 박동만 당신 뒷모습에 새겨봅니다. 바로 지척인데 당겨볼 수 없음이 사랑일까요. 마음의 간격을 좁혀 줄 수천 톤의 용수철이 당신 가슴속에 숨어 있을 거라 믿고, 혀끝에 살짝 내 마음의 문고리를 걸쳐 놓을까요. 아직도 당신 면목을 모르겠는 나. 서러움의 태엽을 서서히 풀어보려는데, 늦었나요.

먼 섬

먼

섬은

언젠가

그리운 당신에게 꼭

받아보고 싶었던 꽃다발 같은데.

석양 빛깔 너머로 말라가네, 저 꽃다발.

내세에서나 푸르게 수혈해 줄 텐가.

다정하게 응답해 줄 텐가.

당신은 끝끝내

그때처럼

머언

섬

가시를 발라내다

선인장에 주저앉듯 당신의 문전에 주저앉은 적 있었어. 내 몸속 뼈대 가운데 가장 혹독한 가시는 당신의 묵묵부답. 폭염의 한철, 물 한 방울 들이킬 수 없었을 선인장이 빼어든 응답은 하필, 가시. 찔레꽃 철조망 위를 기어가는 자벌레의 배면같이, 사막의 슬하에 엎드려 한사코 묵언을 고집하는 당신의 첨탑 끝을 올려다보았어. 족집게는 그래, 눈물이었어. 꽃차례의 입김도 무용지물, 눈물이 사막 깊숙이 스며들기를 기다려 눈시울에 박혀 있던 가시 발라내면, 또르르 맑은 생수 한 컵쯤 받아낼 것 같은 어느, 멀리서 쓰름매미 또 한 번 자지러지는 처서 무렵이었어.

적빈赤貧

야생화 기차게 찍는다는 사진작가의 손모가지에 목 비틀린 변산바람꽃,

꺾인 목선 여전히 너무나 고운 변산바람꽃.

울음소리도 목청도 얻지 못한 시한부 하루살이,

인공호흡기는 절대사양이라고 날렵하게 서명하는 하루살이.

깜깜한 터널을 언제 건너나 아뜩한 저녁,

문득, 거품 물고 몸부림치면서도 기어코 꼬리 흔들어 주던 마루 밑 해피.

물매화

슬픔의 끝까지 내몰린 이가 가꾸어 놓았을

목덜미

거친 견인차 같은, 탕진한 사랑 같은, 검은 마스카라
눈물자국 같은,
칠흑빛 미궁에 짓눌려도

꽃잎
흰

꽃그늘도
흰

어떤 벼랑도 가볍게 모시는

봉쇄수도원

세상과의 내통은
오로지
높고 가파른 외벽에
매달려 있는
밧줄
하나뿐

그 밧줄마저
절단된
절해고도 같은
너와 나 사이
무얼
던져야 할까,

부슬비는
만 갈래로 내리는데.

2부

명필 名筆

필생의 전시회 준비를 끝내고 막 서실을 나서던 겨울 밤이었다.

—군고구마 사시오—

군고구마장수 리어카에 큼지막하게 붙어 있던 삐뚤빼 뚤한 글씨체 앞에서 걸음을 뗄 수 없었다.

자신의 글씨가 오늘따라 눈에 들어오지 않았다.

어느 서예가가 문짝도 없는 달동네로 잠적했다는 소문 이 돌았다.

삐뚤빼뚤한 그 글씨체 하나만을 죽자사자 연습 중이라 는 것이었다.

느티나무의 스킨십

나무 그늘과 나무 그림자, 어느 말이 더 순한가.
내 그늘과 내 그림자, 어느 말이 더 추운가.

느티나무는 잎사귀를 흔들어 한사코 스킨십을 재촉한다.
새떼 불러 스킨십, 개미떼 불러 떼창 하듯 스킨십,
그늘이 생기고
선한 마음이 엿보인다.

삿대질하는 사람의 핏대도 끌어당겨 스킨십,
달빛과 별빛은 더 오래 끌어당겨 스킨십,
느티나무 권역에 들면 오싹한 진땀조차
수줍고 푸르다.

스킨십은
그림자를 안아 뉘면 비로소 그늘이 되는 긍정의 전류,
그래서 파르르 떠는 버릇을 가졌나.

다만 내 그림자가 편안하고 따뜻해지려는지
느티나무 손가락을 꽉 쥐고는
미간을 파르르 떤다.

천직天職

영혼을 비우고 비운 뼛속에 등짐을 무한 적재했다지
요.

협곡 같은 정강이뼈
눈표범 같은 허리뼈

단 한 번 스쳤을 뿐인데 도무지 잊히지 않는 영혼이 있
듯 누군가에게는 심장 멎을 것 같은 절벽이 설렘이었다
지요.

평생 짊어져야 할 등짐의 총량이 최대치일 때 비로소
손목뼈에서 분해되는 고소 공포
발목뼈에서 조립되는 허공 길

무릎걸음 하는 뼈, 벌레가 파먹은 뼈, 폭설에 갇힌 뼈,
가뭄 든 뼈, 찢겨진 뼈, 암벽에서 쉬는 뼈, 생인손 나은
뼈, 사람을 불러모으는 뼈, 풀잎에 매달린 뼈, 별 아래
누운 뼈, 조용히 사라진 뼈를 애지중지해주세요.

칡뿌리처럼 얼기설기 구부러진 뼈의 순서는 검독수리
에게 부탁해주세요.

  천문산
  잔도공.

세상은 꽃밭이다

구름에 큰절하고 뒤란 시든 낮별에 침놓을 때

바람에 반절하고 울 너머 아그배에 침놓을 때

햇살에 목례하고 두엄 속 달개비에 침놓을 때

녹슨 창문 틈에 슬어놓은 호접유충 말랑할 때

고단해진 사랑 다시 헐거워지길 간절히 빌 때

달빛전용여인숙

속옷 하나 걸치지 않은 달빛의 숨결 들릴라치면, 홑이
불이라도 내다줘야겠는데 그만 문고리만 만지작거리다
말았습니다.

적막천지
출구는 진작 허물어
세상 끝
외딴집에
천년만년 갇혀
서로의 내밀을 긴 입맞춤으로 읽어내는
혼의
첫 무늬
첫 물결
첫 호흡
오글오글한
달빛전용여인숙 한 채 내고 싶습니다.

달빛 떠나려는 기척 들릴라치면, 눈꽃송이 한 다발 마
련해야겠는데 문고리에 손만 쩍쩍 달라붙고 말았습니다.

첫사랑

　소양강댐 수문이 열렸습니다. 초당 1,500t의 방류, 새벽 6시면 이곳 한강을 덮칠 것입니다. 그런데 하필이면 위험 수위를 경고하는 아나운서의 숨찬 목소리 너머 한강대교 난간에서는 쇠뜨기가 막 눈을 뜨는 참이었습니다. 가장 위험천만한 세상에서, 맨 처음 눈 맞추어주는 이가 첫사랑 아니겠어요. 쇠뜨기풀은 일촉즉발의 한강 수위를 제 첫사랑이라 여기는 눈치였습니다. 입 돌아가는 줄도 모르고 집어삼킬 듯한 그 물살을 향해 자꾸 입술을 달싹이는 꼴이 딱 그랬습니다.

춤꾼을 위하여

쏴아아, 적소의 뒷마당처럼 댓잎이 수런거립니다. 북풍을 찢고 나오던 적막의 갈피에 발걸음 하나 끼인 댓잎의 마음까지 주춤거립니다. 그 삐뚜름한 발걸음을 영 잊을 수 없었던, 댓잎 그늘 아래 망태버섯은 하얀 망사신발을 꿰매기 시작했답니다. 쏴아아, 마음 한 자락을 먼 허공에 못 박아두고 살아가는 이 있다 들었기에, 지상에 심어둔 한쪽 뿌리로 균형을 견디는 이 있다 들었기에 비대칭을 견디어내는 그이에게 제격인 외짝 신발 몇 켤레 꼭 지어주고 싶었답니다. 쏴아아, 전력을 다해 댓잎 끝에서 멈칫하던 적막은, 멈춤의 마지막 탄력을 딛고 발끝의 여백을 꼿꼿이 세울 줄 아는 그 외다리 춤꾼의 회전돌기를 구상 중이랍니다.

쏴아아, 댓잎 그림자가 적소의 울타리를 더 높이 쌓아올리는 저녁이 오면 춤꾼의 외로운 발끝과 이미 허공이 된 발걸음을 감싸줄 그 망사신발이 기다려집니다.

들개와 풀꽃

아파트 상가 구석자리
손톱발톱마다 낮별도 뜨고 복사꽃도 피어나고
물안개도 수런거리는
네일아트점 안이 환한데

생뚱맞게도
남을 짓밟더라도 기필코 승리해야겠다
몸부림치던
들개의 욕망이 떠올랐다.

운동회 때마다
결국엔 일등의 결승선과 출발선이 같아져
꼬리 축 늘어뜨렸던가, 둘둘 말아 올렸던가,
분해서 으르렁거렸던가.

늘 꼴찌였던
패배의 상처가 홀연 가벼워졌다 느꼈던 순간
내 편이 되어 함정에서 날 일으켜준 이 누군가 했는데
눈곱만도 못한 작은 풀꽃이었다.

세상 한가운데에서 주눅들고 넋 빠진 꼴찌에게
사다리타기하여 음료수라도 마시자 격려하듯
어여쁜 경합을 펼쳐주던 작디작은 풀꽃.
눈이 번했다.

최고는 최고의 경지를, 꼴찌는 꼴찌의 경지를 즐기는
풀꽃과 퍼질러 앉아
손톱발톱에 꽃 치장하며 수다 떠는 해맑은 들개를 상
상하기란
네일아트점 구석이 제격일 것 같았다.

얼룩이라는 무늬

검정색 일색의 몸이었으면 어땠을까.

얼룩무늬는 전력질주용 의상이야,
얼룩말이 새끼를 엄히 다그친다.
얼룩무늬 옷자락이 돌부리에 걸려도 무가내로 역주행
하는 세렝게티에서

화려한 오방색 태생이었으면 어땠을까.
사자의 턱뼈는 번개처럼 파고들고, 귓속은 쇳소리로
먹먹해지고

흰 줄 피륙 검은 줄 피륙 따로 다 뜯겨나가
외톨이가 된 귓바퀴.

하이에나의 이빨에도 견딘 그 귓바퀴를 두루 무난한
은사로 꿰매주면
위로일까, 욕일까
별빛이 뜨겁게 번민하는 대초원에서

사막 그 너머의 안부가 궁금하여 절명의 순간에는 귀 더욱 총명해지는 것처럼

귓바퀴의 얼룩무늬 더욱 싱싱해지고,

흰 줄은 더 희어지고, 검은 줄은 더 검어진다지 않던가.

무덤덤한 흰색의 일생이었으면 어땠을까.

킬 힐

아뿔싸,
이 말은 아무리 치받아도 마냥 간지럽기만 한 애기염
생이뿔같이 작은 뿔을
정수리에 세우고 싶었던 짐승의 세리머니다.

아뿔싸,
이 말은 똑똑 소리와 동의어. 스님 지팡이처럼 미물들
위험하니 피하라는, 신호 용도의 녹슨 뿔이라도 갖기를
바란 간청이다.

다만 뛰어도 날아도 시원찮은 세상에서
콧대 대신
쇠뿔로 성형한 발뒤꿈치.
꽃잎 하나 밟고는
서울역 날바닥의, 사냥법에 서툰 사람의, 종이 제단을
짓밟은 것처럼 주춤주춤하는

아뿔싸,
이 말은 생계의 비탈길에서, 오르막은 가뿐하나 첫새
벽 내리막길에서는 초죽음인 킬 힐의 삼엄한 게임이다.

어떤 마술

한 장 종이는 무력하다. 맥없이 찢긴다.
낱장과 낱장을 마주 끼워 놓은 책 두 권의 마찰력은 기중기 두 대를 동원해도 꿈쩍 않는다.
아무도 못 말린다.

나의 가엾음과 너의 안쓰러움, 외면과 위로, 애증이 서로 러브샷하듯 깍지 낀다면 슬픔과 미소의 깍짓손, 떼내려면 두 개의 지구로도 모자랄 것이다.

내 얘기 들어봐유. 소설로 쓰자면 책 몇 권은 족히 될 거지유.
어둑새벽 서방의 발길에 한 장 종잇장처럼 찢기곤 하던 골목시장 그 여자.

붉으락푸르락 눈물 콧물 찍어내다가도 나물 한 줌이라도 팔아줄 누군가 다가오면
웃음이 얼룩진 광대뼈에 들러붙어 떨어지지 않는다.

뜨거운 밥알 같은 접착력 또한 마술이다.

밥 먹는 손

　어이쿠, 헷갈린 출구 역시 오른손이 쥐어준 숟가락이
었구나.

　밥 먹는 손이 오른손이지.
　나는 이렇게 확인하고 나서야
　우회전 좌회전을 제대로 분간해내는 방향치인데

　퇴직 후 맨 처음의 혼행길, 서서울톨게이트에서였다.
　세 갈래 길이 갑자기 아홉 갈래, 아니 열아홉 갈래의
암초처럼 까마득해졌다.
　출구가 오락가락 혼미했다.

　오른손의 연혁은 식구들 밥술이었던, 피범벅의 호된
노역.
　내 손이지만 정말 미안해서
　갓 지은 통유리 바다뷰 같은 왼편 세상과 통화했었는데
　밥 냄새 빼고 방황 한 상 예약한다고.

　허탕 길을 질주하는 과속 또한 오른손의 식성이었구나,

어디 먼 데 못 가고 맨 처음 만난 휴게소에 내렸다.
기진한 오른손이 멋쩍은 왼손 대신
밥값을 계산하고 있었다.

북두칠성

동트기 전에 파해 버린

맥도날드 뒷골목 인력시장

입맛만 다신

며칠째 헛물만 켠

시린 등

가만히 다독이는

어묵 한 국자

또 봄

한쪽 눈썹만 그린 채 출근했다.

원피스 지퍼가 열려 있는 줄도 모르고 지하철 문짝에 매달렸다.

스타킹은 새로 신을 때마다 올이 풀렸다.

신학기는 늘 이랬다.

안산자락길에서 처방전을 얻었다.

복사꽃 그늘을 치사량 복용할 것,

반드시, 짝짝이 눈썹과 이 빠진 지퍼로 휘저어 복용할 것.

특효약이라고 했다.

궁핍

1,800m의 수직 빙벽과 8시간이라는 시공이 뒤엉켜 서로를 놓지 않으려는 집념의 명승부에 관한 논픽션, 아이거북벽 칼날 능선과 밧줄을 사이에 두고 40대 여성 등반가가 벌이는 사투를 시청하는 중이었습니다. 희디흰 그 칼날의 아름다움에 전율하면서도 극한과 우직의 각축이 내뿜는 감동 앞에서 어이없게도 나는 절박성 요의를 느껴야 했습니다. 1,800m와 8시간, 칼날과 직벽이라는 시공의 무게를 견디며 요의를 참아왔던 사람은 바로 나였던 듯한 난감한 상황이 발생하고야 말았던 것입니다. 인간의 위대한 존엄 앞에 초라하기 그지없는 낯뜨거운 변고였습니다. 그 기록물에 수치스러움 한 방울 묻힐까 봐 전전긍긍할 수밖에 없었습니다.

싸다, 싸

파라곤 지하 사우나에서였다.
벌겋게 갈라터진 손이 눈에 들어왔다.
오목교역 지하 계단에서 구걸하던 바로 그 노파였다.
비누를 빌려달라는 것도 아니고 등을 밀어달라는 것은
더더욱 아니었는데
영 불편하였다.
얼른 그 자리를 도망치듯 빠져나왔다.

그러다 그만 빙판길에서 엉덩방아를 찧고 말았다.

싸다, 싸.

겨울바람이 박장대소하며 엉덩방아를 자꾸자꾸 흉내
내는 것이었다.

3부

나를 담아 본다

들판에 나가
저울 위에
볍씨 몇 만 평쯤 거뜬히 주무르는
봄바람을 올려놓는다.
가마니로 쓸어 담아
하늘도 올려놓는다.
무한천공, 은하계 천억의 별들
저렇듯
영롱을 매달고도
들판 속 저울의 눈금
중심에서 털끝만큼의 흔들림 없다.
사랑의 절정
한 꼭지 품어 젖 먹이듯
사람들
가슴속 심연마다 별을 심어주었다지.
그 말을 신봉하는
내 심장에는 몇 개의 별이 담겨 있을까
저울에 벌거숭이 나를 담아 본다.
내가

나를
사랑하기에도
한참은 버거운 모양이다.
눈금이 무게를 감당하지 못하고 빙그르르 돈다.

가시의 영혼

우포늪에서 보았다,
가시밭에 주저앉아 가시를 두려워하지 않고 자신을 던
져 만개하는
영혼을.

그 후론 어딜 가나 보였다,
가시감옥 뚫고 매혹의 꽃송이를 활활 밀어올리고 있었
다.

산속엔 조각자나무꽃, 들판엔 엉겅퀴꽃,
담장에는 찔레꽃

꽃 피어나는 속도보다 더 재재바르게 어둠을 응원해주
고 있었다.

낮엔 햇빛 해가시,
밤에는 달빛 달가시, 별빛 별가시

섬게선인장에 주저앉아 운 적 있었다.

삶이 질곡처럼 축축하던 그 순간 나를 향해 뜨겁게 열
꽃을 피워내던
　가시의 영혼.

어떤 포옹

넝쿨장미도 철망가시를 통과해야 향기 깊습니다.

애인이 가시를 넝쿨째 들이밀기에 주저 없이 심장 펼쳐 받아 안았습니다.

피 철철 흐르는 슬픔에는 가시가 해독제임을 모르던 청맹의 시절이 있었습니다.

슬픔이 만삭이어야 비로소 최상의 향기를 낳을 수 있음을 모르던 암흑의 시절이 있었습니다.

그대 앞에서

물낯 할퀴지 않고 강물 건너는 바람을 보았는가.
그대는 내 생의 덫
덫 밟지 않고 생을 건너는 일
멀고 아득하여라.
바람 한 줄 스치자
달빛도 깊게 베어져 은빛 눈물이 빗발친다.
강물을 뒤흔든다.
뼛속을 후려치는 생애의 폭풍을
이쯤에서 버둥버둥 안아보고 싶었으나
칼금만 더욱 반짝이니
그저, 덫을 한 번 더 밟아
그대 앞에서 휘청거려야겠다.

얇은 귀

노루귀를 만지자,

점등하듯, 겨울잠이 산모퉁이 양지쪽으로 자락자락 안겨 왔다. 노루귀의 유난히 얇은 귀에 놀랐기 때문이다. 북사면 잔설 덮인 추위 넘다 무릎 깨진 봄의 곡조를 경청하느라, 두 귀를 잡아늘인 거야, 귀띔하는 이 있다. 그 전언 때문만은 아니다. 봄바람의 쌉싸르한 속삭임에도 쉽사리 황홀해지고 넋을 빼앗기는 겨울 산의 오랜 습성은 얇은 귀에 대한 경배의 자세인 것. 산그늘부터 먼 허공까지 경배의 연한 빛깔 일색이다. 화답으로 얼음 틈새에서 노루귀가 귀 한 짝 또 밀어올린다. 솜털 나긋한 봄볕의 영혼도 귓바퀴를 순하게 움쩍거린다. 찢어질 듯 극세사로 얇아진다. 봄볕의 풀비린내 같은 따스한 생각이 얼비친다.

야들야들하다.

그 해안

그 해안에 가면, 모래알은 더 이상 깨지기 쉬운 알이
아니었어. 누군가 밟고 지날 때마다 모래알에서 톱니가
돋아났어. 톱니끼리 아귀 맞춰 해안선을 개통하는 솜씨
노련하더군. 언뜻 바람이 노을의 뺨이나 별빛의 두근거
림을 흩뿌리기라도 할 때는 해안선이 애인의 팔뚝처럼
꿈틀거렸어. 보이지 않는 힘을 나눠 갖는 비책을 모래알
은 알고 있었던 거야. 다혈질의 파도가 문 열어, 문 좀
열어 외장쳐도 그냥 그 뇌성 들어주는 척, 받아주는 척,
벽력까지 톱니로 지그시 깨물어버리더군. 바람 불던 어
느 날, 사람들끼리 속내의 아귀 맞출 엄두도 내지 못하
고 모래성만 쌓았다 부수었다 하는 그 해안에 가보았어.
외로움이 귀순하고 싶은 나라가 어딘지 간파하고 있었
나 봐. 모래알이 스크럼 짜듯 팔뚝을 쭉 뻗고는, 바위섬
이 들어앉아도 표나지 않을 굵은 힘줄을 고르는 것 같았
어.

믿을 만한 구석

그물망 속 배구공같이 등을 맞댄 우리를
관전하실래요.

배구경기의 포인트는
포물선.

묶어 맨 곱슬머리 아래 어깨선의 매혹 같은
포물선의 욕구를 믿어보실래요.
북극기지만큼 밀어내면, 똑 그만큼 튕겨나가는 배반의
자세
공의 본능을.

배구경기의 포인트는
공격.

믿을 만한 구석이란
그물망 너머로
서로 밀리지 않으려고 산맥처럼 뻗대는 뒷발질이 아니
지요.

상기된 목덜미같이 세심한 공격용 서브.
상처를 얼마쯤 던져야 당신을 받아안을 수 있는지
계산 끝난 셈여림의 조절이지요.

배구경기의 포인트는
등.

등의 앞쪽은 어떤 질곡도 품을 수 있는 최고의 곡선
가슴이라는 우물에
믿을 만한 구석이 군락을 이루어 출렁거리고 있음을.

그물망 속 등을 맞댄 우리에게는 믿을 만한 구석의 탄
력이
넘쳐난다는 걸 확인해보실래요.

틈새

밤하늘은 새장이다.

갑갑한 새장에는 그리움 같은 틈새라는 새 있을까
별이 반짝인다, 새장에 틈새가 끼어 우는 걸까
밖일까
안일까

꼬리별 빠져나온 바늘귀를 꼭 찾아오겠다는 듯
부리 뾰족한
새가
점, 점, 점, 날아간다.

세상의 아우성을 끌어안고 우는 걸까
별이 반짝인다, 창세기를 꿰어올 수 있을까
앞일까
뒤일까

　별 따러 갔던 사람의 어지러운 지문, 어딜 만져보았을
까

날개 얼비치는 겨드랑이를 찾았을까

밤하늘은 틈새가 사는 새장이다.

백허그

그리움은 팔을 안테나처럼 뽑아드는 운동인 거야. 아니?

얼음장 속 목숨이 주는 저릿한
손맛을 아니?
얼음장의 두께와 비례하여 빙어 떼의 심장이 따뜻해진
다는데

눈이 내린다.

당신 등은 열 뼘 두께의 얼음장이니
영하 몇 도에서 빙어 떼의 감촉보다 더 깊은 맛을 내려
나.
내 심장은?

등진 서로의 등이 그리움의 본적지임을 확인했을 때

얼음장 속으로 서로 등을 떠밀고도 태연자약했을 때
그 전율
그 아찔했던 심정 아니?

얼음장을 얼싸안고 팔짱 절대 풀지 않을
완전 밀착의 자세
엄동도 익혀낼 등을 기어이 찾아내야겠다는 듯

눈이 내린다.

폭설의 원리

한 꺼풀 벗겨보면 우글우글, 덜컹덜컹, 너덜너덜한
색계를
북풍이 사정없이 흔들어 완벽하게 혼합한 뒤
확 풀어헤친다.

폭설이 만개한다.

덜어낸다고 바람이 덜어질까.
폭설이 외골수이듯, 당신이 내 속을 휘젓는다.
상처와 상처의 합은 생살빛.
어둠과 어둠의 곱은 햇살빛.

불순도, 불행도, 불평도 평등한 한판으로 무한 회전한다.
무지개 빛깔이 곡예 비행하는 것 같다.
희디흰, 빛의 근력으로 펄떡인다.

색계의 원적지에서 바람은 종횡무진
꽃 중의 첫 꽃.
빛 중의 첫 빛.

폭설을 합성 중이다.

얼마나 아팠을까

지하철역 입구 게시판
사람 찾는 전단지가 너덜거렸다.
가만히 보니
못대가리 벌써 떨어져 나가고
못 뿌리만 남은 그 자리, 그 사람의 가슴께에 핏빛 녹
물이 흥건하였다.

비가 땅을 치고 있었다.

못 뿌리를 쑥 잡아 빼내야 하는데, 없다며
손이 없다며

사랑의 급수

지구와 가장 가까운 별은 4.3광년.
초고속 로켓으로도 2만 6천 년의 거리.
그 중 100억 광년이나 먼 별도 있답니다.

그렇게나 멀리서 뜀박질해오느라 땀범벅
먼 별이
당신이라서 당신이 좋습니다.

뭉클한 땀 냄새
푸르게 발광하는 쉰 냄새
달력에 표시한 동그라미 보이시나요.
100억 광년째 뜀박질하고 있는
삼각근, 이두박근, 대퇴근······

별의 행선보다 별빛의 행선이 빠른 지름길이라서
내 문턱에 가득한 별의 땀 냄새,
별빛뿐,

무량 궤도에서 절대 한눈판 적 없었다는

맹목의 당신,
심장에 흥건한 땀 닦아줄 수 없어 나는 불행하고
땀 냄새에 두근거리는 불행한 내가 좋습니다.

기다림의 기본 단위는 100억 광년.
사랑의 기본 단위는 또 100억 광년을 추가한 멀고 먼
광년,

우리 깨졌어

밤길에 눈이 부셔 들여다보니, 깨진 거울조각이었다.
깨진 아픔 참느라 반짝임을 꽉 쥐고 있는
상처가 울음처럼 빛난다.

우리 깨졌어.

가장 깊게 깨진 거울을 보물인 양 나누어 갖고
그 날카로운 모서리에 꼭 들어맞는 그리움을 상상하며
당신에게 작별인사를 한다.

이별의 밤길을 건너느라
달빛이 넝쿨장미의 가시와 꽃잎 사이를 통과한다.
가시를 견디고 즐긴 내공이 깨진 거울 같다.

깨졌다는 말, 어쩜 그리 눈부실까.

당신과 나의 간극, 먼 갈림길을 꿰매려는지
바늘쌈 풀어내는 이 달빛인가.
바늘 끝 속력 덩달아 콩 튀듯 그리움이 반짝인다.

깨졌다는 말,
사이 벌어진 빈틈에 전심전력 그리움이 고이기 시작했
다는 말.

내가 위로 할까

발바닥 아래 어릿광대
손바닥 아래 절벽가슴
혓바닥 아래 육두문자

바닥은 벼랑 끝에 울타리 쳐놓고
끝없는 나락으로 미끄러지지 않게 포옹해주는 결박

어릿광대이고 절벽가슴이고 육두문자인
당신과 나
물수제비뜨듯 나락의 동족 찾아 가늘게 겹쳐볼까, 가
까스로 엇나갈까.

혼자 먹는 찬밥같이 처연한 바닥을, 물 묻은 편지같이
적막한 나락을
비행접시 조종하듯
당신이 위로해 줘.

어릿광대 위 햇무리
절벽가슴 위 달무리

육두문자 위 별무리

오늘은 내가 위로 할까.

봄밤

일없이 얼굴은 왜 화끈거리지
일없이 가슴은 왜 쿵쾅거리지
벚꽃은 지고
달빛은 스며들고
누군가의 손끝만 스쳐도
치마말기 주르르 흘러내릴 것 같은
그 손끝 어디쯤은 허방이라도 좋을 것 같은.

천일야화

귓불을 만져야 잠드는 애인을 숨겨둔 타래난초 같은 여자가 있다.

귓불마다 푸른 알전구를 천 개씩 매단 여자가 있다.

잠꼬대마저 애인이 반색할 귀고리가 뭘까 골똘히 궁리하는 여자가 있다.

한 개씩 떼어낸 귀고리로 밤마다 애인을 감전시키는 여자가 있다.

아직 뚫지 않은 귓불에도 별에서 건너온 푸른 번개 너울대는 여자가 있다.

나팔꽃

전봇대
그 우직한 팔뚝으로
딱, 한 번만
딱, 한 번만
아무리 꼬드기고
침 삼켜도
안면몰수
입술 꽉 앙다무는
나팔꽃.
다음날 아침이면
새순 한 뼘 더 뻗어 올려
전봇대 귓불을
만질락 말락
심장 박동수만 잔뜩 올려놓고는
새침하게
―우리 손만 잡아요.

아유, 촌스러운 계집.

4 부

가족

눈물 한 방울
―무서워
곁에 있던 눈물방울의 어깨에 기댄다.
―이리 와
와락
와락
서로의 몸 깨뜨리니
바다가 되었다.
풍랑도, 빚쟁이도, 바퀴벌레도, 날벼락도
하나도 무서울 게 없는
넓고 깊은 바다가 되었다.

나무 구멍에 살게 되면

가진 것 없는 집 아이들 같은

브라질에서 미국 플로리다주에 이르는 대서양 서안의 맹그로브 숲에 사는 송사리과 아주 작고 볼품없는 물고기 킬리피쉬. 평소에는 홍수림 근처 물웅덩이에 살다가 건기가 되면 썩은 나무둥치 축축한 벌레구멍 속에 옹기종기 모여 산다. 몸무게 0.1g에 불과한 킬리피쉬. 드넓은 물에 살 땐 제 영역 넓히려고 툭하면 싸움박질 피범벅 되다가도 좁디좁은 나무 구멍에 살게 되면 오히려 사이가 좋아진다.

원미동 시민아파트 1004호의 킬리피쉬 여섯 마리.

찢어지게 햇살 좋은 날

튀밥장수가 왔다.
동네 조무래기들이 몰려들었다.
하얀 알갱이들이 튀었다.
틈을 내주지 않았다.
이리저리 밀리기만 하였다.
그래도 몇 알이 발밑에 떨어지곤 하였다.
끝끝내 주워 먹지 않았다.

엄마 치마꼬리를 붙잡고 울었다.

봄날

출입금지
양철표지판을 무시하고
냉이꽃, 양지꽃, 씀바귀, 민들레들 서로서로
나 잡아 봐라
술래잡기를 합니다.

평생 무뚝뚝하고 엄하기만 하셨던 아버지.
출입금지
양철표지판 같으셨던 아버지.

동그락산 양지쪽에서
한 사날 묵어가라는 말씀 한 마디 없이
냉이꽃, 양지꽃, 씀바귀, 민들레
그 들꽃의 엉덩이를
번쩍 들어 목마 태워주시며
웃고만 계십니다.

서산 마애불

　불뚝 튀어나온 광대뼈가 나를 닮아서였을까. 광대뼈에서 굴곡진 삶의 서늘함이 느껴져서였을까. 갓 태어난 딸아이의 광대뼈를 틈나는 대로 눌러주곤 하였다. 어느 봄날, 네 식구 서산 마애불을 찾아갔었다. 둥두렷한 광대뼈가 그곳 부처님의 눈 아래쪽에서 화들짝, 빛나고 있는 게 아닌가. 부처님은 딸아이의 광대뼈는 본척만척, 눈 속 물빛 영혼을 찬찬히 들여다보고는 빙그레, 고운 햇살 가루를 눈두덩에 살그머니 묻혀주는 것이었다.

웃는 매미

생후 30일 된 도윤이는 매미 소리를 좋아한다.

칭얼거리다가도 매미 소리 들려오면 울음을 뚝 그친다.

오늘, 매미가 한참을 외갓집 창틀에 매달려 있었다.

그러자 도윤이가 생애 처음으로 소리 내어 웃었다.

도윤이와 매미는 창문을 사이에 두고 서로의 영혼을 간지럽혀준 걸까.

그동안 매미는 운 것이 아니라 웃었던 걸까.

도윤이가 제집으로 간다고 웃음보따리를 싼다.

매미는 또 자지러지게 울 것이다.

양단 보자기

보자기
겹보자기
양단 보자기
금성인과 화성인의 갈등을, 열정과 냉정의 대립각을
한대와 열대의 양극단을
고스란히 감싸 안는 양단 보자기.

분홍색과 연두색
주황색과 은회색
살구색과 하늘색

양단 보자기는 모서리끼리 묶어 매듭짓는 게 아니란다.
각진 네 모서리 모아 쥐고
그 중심에 꽃송이를 화사하게 빚어내는 포장술.

달빛도 기뻐하고
햇살도 신나 하는
순조롭고 어여쁜 운행에 대한 축원.

보자기
겹보자기
하늘 모서리, 땅 모서리 서로 맞잡고 빙글빙글 돌다
꽃대궐 이루는 묘수,
양단 보자기.

소금꽃

　꽃의 눈에는 꽃만 보이는 게지. 시골집 간장독 조밀한 세포 속까지 환하게 꽃을 가꾸시던 어머니. 전생의 빚쟁이 같은 늦둥이 아들도 생애의 간을 제대로 맞추지 못해 방황하는 꽃으로 여기시고, 입맛 깔끔한 아욱국 저녁 밥상 내오시다 아흔 어머니, 꽃대 꺾였다. 한순간에 여덟 등분으로 결딴났다. 구절양장에 첩첩 쌓였던 어둠의 쓴맛 단맛 다 우러나와야 비로소 하얗게 만발하는 그 꽃. 아파트 베란다 플라스틱 생수병에 갇혀 딸 다섯, 며느리 셋을 몰라보셨다. 아주머니라커니 언니라커니 자꾸만 길을 잃으셨다. 꽃다운 꽃을 찾아내지 못하셨던 게다. 아욱국에 밥 말아 먹자 조르셨다. 꽃잎 하나 띄우면 저절로 간 딱 맞는 그런 꽃이 당신 가슴속에서 여태도 울컥하셨던 게다.

허영청虛影廳

홀시어미 헐은 밑 말갛게 닦아주고 가루분 하얗게 뿌려주는 홀어미 뒤태 같은 보름달만 떠 있겠네.

차마 은하수는 수도꼭지를 좀 더 열어 놓겠네.

나이롱박수

서리 내렸을까.

나선형 거미줄이 진득진득한 영등포역이었다. 벌어먹기 힘들어 죽겠다는 반백의 사내, 손발이 유난히 가늘고 차가운 사내는, 기차가 도착하자 노인이 수확해 온 포대자루를 부리염낭거미처럼 낚아챈다. 오싹한 손이 직조한 거미줄일수록 먹잇감을 더 힘껏 조인다. 그리고는 나선형 계단 아래로 사라져간다. 잽싸다. 그 뒤쪽, 말라비틀어진 호박오가리처럼 눈빛 까칠한 노인, 부리염낭거미보다 손발이 큼지막하니 따뜻하다. 나선형 실 한 줄 녹아내린다. 거미줄이 느슨해진다.

서리 걷혔을까. 제 몸 텅 빈 주제에 고향집 뒷마루 누런 호박잎은 할랑할랑 나이롱박수나 치고.

눈물은 훔치는 거

　연지노랑나비가 날개를 한 번 접었다 펼쳐내는 그 사이가 유일한 단서였다. 기관절개술은 생명연장술. 아버지의 인공호흡기에 안달복달하던 내 울음보 주둥이를 단단히 틀어쥐고는 연지노랑나비 날갯짓 한 번으로 눈물을 싹쓸이해 가신 아버지. 눈물은 훔치는 거란다. 도적질하는 거란다. 온몸에 저장된 눈물의 분량을 미리 예단하신 듯한 날랜 손놀림. 그동안 얼마나 천하제일의 비법을 혹독하게 훈련하셨던 걸까. 오뉴월 햇볕보다 가벼운 운구. 연지노랑나비 점무늬 몇 점 글썽이듯 사뿐 날아갔을 뿐인데, 내 가슴팍의 우기 싹 쓸리어갔다. 군더더기 없는 내 매무새를 흡족해하고 계실까.

삶

혼자 서기는커녕 연필 쥐기도 힘들어하던 아이. 시험 시간, 사인펜으로 답안지의 작은 칸 하나 메꿔나가는 일을 허방 디딘 듯 아찔해 하면서도 한사코 도움을 마다하던 아이. 석 장째 답안지를 교환하고 난 후에야 가까스로 제 영역에 깃대 꽂듯 모든 문항에 같은 번호로 답을 표기하곤 했다. 단지 45분이지만, 전생 후생을 세 번쯤 들락날락하며 쏟아냈을 땀방울이 전송해 준 어느 하나의 번호를 그 아이는 소중하게 정답으로 받아 적은 것이었다. 수많은 사람들이 지그재그로 찾아 헤매는 미로 속 과녁보다 찡한 눈물을 콕 박아놓는 일명 찍기. 그 일방통행이 정답의 원형질 같았다. 마음속 뒤엉킨 미로를 풀어낼 삶의 정답은 무얼까.

그 번호 하나 정성껏 모시고 싶을 때마다 나는 오래도록 책상에 앉아 있곤 했다.

입단 신청서

소아병동 창가, 누운 채로 그림을 그리는 한 아이가
있다.

그림 속에서는
부딪힐 일도, 넘어질 일도, 열 받을 일도 없다. 마음
놓고 축구를 한다.
제 몸통보다 훨씬 큰 공도 하늘 높이 띄워 놓고 발차기
로 슛, 헤딩으로 골인.
돌덩이같이 무거운 공도 가슴으로 패스, 패스.

여름밤
하늘에서 축구 시합하던 독수리, 백조, 여우, 돌고래,
뱀, 전갈……
황급하게 모여 앉았다.

반짝반짝
별빛은 하늘나라 구단주가 잘게 찢어 내던진 한 아이
의 입단 신청서.

지상에서 한 천년 더 실력을 쌓고 오란다.

벚꽃 축제

한 오디션 장에서 목 늘어진 티셔츠를 입고 넬라 판타지아를 열창하는 청년이 있었다. 다섯 살 때, 고아원을 몰래 빠져나왔다 했다. 열네 살 때, 구걸하러 숨어든 레스토랑에서 칼날의 세상조차 무장 해제시키는 그 선율을 엿들었다 했다. 허리가 꼬부라지게 배가 고파도 그날부터 구걸을 하지 않았다 했다. 웃자란 울음을 감싸안는 마술이 있다는 걸 알았다 했다. 그날, 마음속 깊이 박힌 송곳니를 적시며 오보에 같은 소리가 새어나왔다 했다.

지려던 벚꽃이 서둘러 봉오리를 추스르고 있었다.

나리

장대비가 두 주먹으로 창문을 마구 두드렸다. 나 좀 들여보내주세요. 내 얘기 좀 들어주세요. 오늘도 나리는 가출을 했다. 그 애의 출석부는 온통 상처투성이다. 의붓아버지에게 시달림 당하던 나리. 엄마에게 하소연했으나 오히려 구박덩이가 된 깨곰보 나리. 아침 출근길, 앞유리에 붙어 있던 꽃이파리가 그 아이였나. 온몸으로 부딪혀오는 빗물 속에서도 떨어지지 않던 꽃이파리가 성가시어 와이퍼로 힘껏 밀어버렸는데.

문맹文盲

우리 반 민구는
글쓰기 시간마다
얼마나 심각한지
콧등엔 잔주름 잔뜩 세우고
단단한 씨앗처럼
열심히 쓴다.
걷어서 보면
언제나 백지白紙
그래도
선생님 피곤하시죠
쪼르르 달려와서 책 받아주며
어제는 은하수 이야기만
하얗게 썼는데
선생님 읽어 보셨어요?
아득히 투명한
무지개 이야기는
아꼈다 쓸게요.
다음에 쓸게요.
민구야, 그러렴,

하이얀 네 글쓰기 앞에서
나 또한 문맹인걸.

소악분교

그 섬 소악분교에는
전교생이라고는 3학년 학생 김에덴 하나
선생님도 한 분

신발장에는 신발 한 켤레
책걸상도 달랑 하나뿐

다섯 살 때
아버지는 바다에 나가 돌아오지 않았고
엄마는 목포로 새살림 떠났다는데

그림그리기를 유독 좋아하는 에덴이
 친구들과 신나게 줄넘기, 땅따먹기, 엄마아빠놀이 하
는 그림보다는
 문짝만 종류별로 매일매일 그렸다는데

 신안군 증도의 새끼 섬 병풍도는
 세상의 문을 열어주지 못해서 제 가슴만 짓찧으며
 절벽처럼 혼자 웃다 울다 하고 있다는데.

봄이며 또한 겨울인, '데메테르'의 변증법

나 민 애(문학평론가)

1. '시매詩妹'로의 복귀라는 운명

다신교는 여러 신을 섬기는 종교지만, 다신의 세계에도 유일의 신이 존재한다. 그리스 신화에서 제우스 등은 운명의 신 모이라에 무릎 꿇는다. 힌두교에서 모든 신과 존재는 아트만이라는 유일성에 종속된다. 형상을 갖춘 강력한 신들 위에, 형체도 없고 보이지도 않는 절대 원리가 형형할 수 있다는 말이다. 위대한 모든 신들이 결국 하나의 신 앞에 귀속된다니, 그 하나의 신이란 숭고의 반응을 낳기에 충분할 정도다.

김선아 시인과 그의 시는, 이 다신과 유일신의 이야기를 닮았다. 그는 사람이고, 여성이며, 어머니이고, 교사이다. 이 말을 신화적으로 풀이하자면, 그에게는 섬겨야 할 수많은 다신들이 존재했다고 이해할 수 있다. 사람으로서 감당해야 할 사회적이며 문화적인 책무들은 다신들의 하나였다. 가족과 자식은 소중하고 사랑스러운 다

신이었다. 교사의 얼굴로 살 때는 교육과 학생들이야말
로 섬겨야 할 대상이었다. 짐작컨대, 그는 기꺼이 섬겼
고 섬기고자 했으며 섬겨왔다. 그리고 지금, 오랜 시간
동안 엮여왔던 '다양한 섬김들'은 이제 유일한 '한 섬김'
의 시간으로 종속되려고 한다. 시집『얼룩이라는 무늬』
는 한 섬김으로 향하는 움직임의 증거이다. 모든 다신들
에 대하여, 그가 충분하고 적절하게 섬겨왔던 모든 세계
에 대하여, 비로소 유일신의 도래를 선언하고자 이 시집
은 탄생했다.

하여, 시집은 말한다. 모든 다신들을 섬김에도 불구하
고 모든 다신의 위에 있을 유일신이 당도했다고. 아니,
모든 다신들을 섬겼기에 이제 모든 다신의 위에 있을 유
일신을 맞이한다고. 그리하여 김선아 시인이 오래, 마음
속에 품었던 유일의 이름으로 시를 되찾으려 한다고.

약력 상 시인은 2011년 등단했지만, 여기서 숫자는 별
로 의미가 없다. 그는 이미 40년 전부터 시인이었다. 누
가 가르치지 않아도 시를 썼고, 시를 써야만 살았으며,
시를 쓰게끔 운명 지어져 있었다. 단지 그 운명이 시집
의 형태로 공언되지 않았을 뿐이다. 시매詩妹로서의 복귀
는 이미 준비되어 있었고, 복귀의 첫 장으로서 이 시집
은 바람직한 문이 되리라 예상한다.

그런 의미에서 '시인의 말'은 얼마나 적절하며 상징적
인가.

시詩여

절에 든 도둑이 보물 한 덩이 둘러메고는 밤새도록 도망 쳤는데, 동트고 보니 절 마당 석등 앞이었다지요. 당신과 작별하고 전력 질주, 멀리로 내달렸다 여겼는데, 세상에 나! 여전히 당신 심장에 나를 칭칭 동여맨 채 두 팔을 휘젓 고 있었습니다.

—「시인의 말」

나는 이 자서를 고복皐復의 한 장면으로 읽는다. 요약 한다면 '시여, 시여, 시여'라는 호명으로 압축될 자서다. 문자로 되었음에도 불구하고 시인의 목소리가 들리는 듯하고, 호이호이 높이 울려 퍼지는 듯하다. 시인은 여 기서 고백한다. 시가 아닌 다른 섬김에 매진했다고 생각 했는데, 결국 모든 것은 시의 자장 안으로 귀결되고 있 었다는 사실을 말이다. 그러므로 이 자서는 외부를 향하 는 호명이며 나아가 내부를 향하는 선언이기도 하다. 다 른 다신들의 성소에서 나왔다는 선언. 아니, 기타의 성 소를 굳이 박차고 나오지 않아도 시의 성소에 도착했다 는 선언. 이제 모든 다신적 성소들 위에 범성소적 시의 제단을 발견했다는, 바로 그런 선언 말이다.

2. '각골刻骨'하며 '각체刻體'하는 구도의 시

시인이 찾아든, 시의 첫 성소는 '사막'이다. 실물의 사막 앞에서 사막의 시를 쓰는 것과, 마음의 사막 앞에서 사막의 시를 쓰는 것은 크게 다르다. 전자에서는 실재하는 사구가 워낙 압도적인 까닭에, 시혼이 지평선의 먼 지점을 좇아가게 된다. 이것이 흩어짐, 멀어짐의 편이라면, 마음의 사막은 회귀와 발견에 기여한다. 후자, 즉 유치환이 발견하고 황지우가 변용했던 마음의 사막은, 세상천지 최대의 고독자에게 적막의 좌표를 선사한다. 영겁의 허무와 같은 사구 속에서 시인은 빛나는 단단함을 발견할 수 있다. 이것은 '마음의 사막'이 지닌 덕목이며, 나아가 김선아 시인이 '마음의 사막'을 선택한 이유이기도 하다.

사막에서는 뼈다귀가 나침반이라지. 고독이란 말이 화사한 세상에서, 순도 높은 야생성 고독의 유일한 서식지는 사막이라지. 누군가는 이런 신기루 같은 사막을 마지막 순례지로 갈망한다지. 죽음이 산목숨을 필사적으로 당겨 각을 뜨듯, 모래수렁이 가시를 세울 때면 뼈다귀마다 높은 음계 돋아난다지. 순결한 고독을 찾아 헤매는 순례자의 발바닥을 마구 간질인다지. 간지러움은 목숨을 부지해주는 매혹. 내 안의 사막에서 맨발을 분실한 나는, 모래알 틈새를 넘나드는 순례자처럼 발가락뼈에서 간지러움의 음역 골라낼 수 있을까. 내 정신의 간지러움 되살아나 뼈다귀의 화살표를 따라갈 힘 생겨날까. 뼈다귀에 홀리는 일은 사막 횡단지도를 손에 넣고 반짝거리는 일이라지. 죽음의 칠흑을 골똘히 믿어보는 동안에도, 사막은 북극성 별빛까지 뼈다귀 속에 쟁여두고 반짝인다지.

―「나는 가야지」 전문

　김선아 시인에게 사막은 필사必死의 장소이다. 일면 신기루 같아 보이지만 그곳은 "순결한 고독"을 보석처럼 발견할 수 있는 최후의 보루이다. 가장 깨끗한 고독의 형태를 찾으러 시인은 이곳에 왔다. 그에게는 모든 부차적인 것들을 걷어내고 진실의 핵심에 다가갈 필요가 있었다. 왜냐하면, 그는 지금 모든 다신多神의 흔적을 지우고 시의 성소에 임하려 하기 때문이다.

　시인은 오래 전 묻어놓았던 진실의 "뼈다귀"를 찾으려고 한다. 그는 오래 전 발견한 "북극성 별빛"에게로 돌아가려 한다. '뼈다귀와 별빛'은 시심의 다른 말이며, 그것은 김선아 시인의 가장 원천적인 가치, 혹은 그를 시인으로 만들었던 운명을 뜻한다. 이것을 나침반 삼는다는 것은 시의 행보를 지속한다는 말이다. 그러므로 사막의 시는 이번 시집 이해에 있어 매우 중요한 역할을 한다. 시적 세계로의 복귀와 시매詩妹로서의 운명이 바로 이 사막 위에 놓여 있다. 시적 자아가 마음의 사막을 통과하고 난 후에 이 시집을 들고 나온 셈이다.

　우리는 사막이라는 심경心景을 통해 시인 특유의 심경心境에 닿을 수 있다. 삶의 유일 원리가 시詩라면, 그런데 그 유일 원리가 심층에 존재한다면 무엇을 해야 하나. 유일은 본질이고 뼈대일 터, 그렇다면 본질과 뼈대가 나

올 때까지 비본질과 비뼈대를 발라 버릴 수밖에 없다. 화사한 장신구를 벗고, 무의미한 의상을 벗고, 물컹한 살점을 벗고, 시인은 본질로 회귀하려고 한다. 즉, 그에게는 각고刻苦가 필요하다. 삶과 일상이 만들어 놓은 여러 가지 자아상을 벗어버려야 한다. 이것들을 벗어야만 본질에 접할 수 있다. 그렇기에 '사막'이라는 탈각의 장소와 시간이 김선아 시인에게 요청되었던 것이다.

불필요함을 벗어던지는 작업을 일러 '구도求道'라고 말한다면, 이 시집이야말로 구도의 자세로 압축될 수 있다. 특히 김선아 시인의 구도는 '살'(비본질)을 발라내고 '뼈'(본질)에 새겨진다는 의미에서 각골刻骨하며, 각체刻體한다. 이 각골각체의 시는 마음의 사막 속에 오래 잠들어 있었다. 시인이 찾아낸 것인지, 내면의 시가 스스로 몸을 일으킨 것인지 확실치 않으나, 이제 우리 눈앞에는 모래를 걷어내고 모습을 드러낸 시의 형상이 있다. 그렇게 나타난 '뼈다귀와 별빛'을 시인은 따라갈 것이다. 충실한 순례자로서의 시인이 어떠한 길을 걸었고, 무엇을 만났는지 이 시집의 곳곳에 나와 있다. 이 시집은 시의 부름에 응답한 이야기, 바로 그 발자국들로 점철되어 있는 것이다.

김선아 시인에게 있어 구도가 특징적이되 구도의 자세는 한 가지 유형으로 고정되어 있지 않다. 구도의 다양성은 이번 시집의 묘미가 되어 준다. 각골각체의 시에 이어서, 다음의 시는 또 다른 구도의 자세를 드러내고 있다.

　　거두절미의 자세가 저것일까. 세상사 밑바닥 혼자 견디
는 겨울 강을, 꽝꽝 얼어 혹독한 빙판에 이마도장 무릎도
장 새겨 넣듯 오직 한 가지 자세로 드문드문 놓아준 억새
방석마저 밀쳐놓고, 천만 개의 손으로 잔등을 덮어주려 다
가서는 함박눈마저 거절하고, 삶의 급물살에서 빠져나와
숨소리도 납작 엎드린 겨울 강을, 어서 몸 일으키라고 잡
아끄는 북풍의 가슴깃도 끝끝내 털어내는 저 겨울 강의 시
린 어깨를, 본다. 따순 물 한 숟갈 떠 넣어주려 무릎 세우
다 어둠 속에 주저앉는 저녁노을의 눈꼬리도 가만가만, 눈
물 마를 때까지 본다.

─「겨울 강」 전문

　　시는, "거두절미의 자세"라고 말했다. 이것이 바로 구
도의 다른 형상이다. 지금까지 살아오면서 미뤄왔던 것
을 찾기 위해서는 여태까지의 방식과 이별해야 한다. 머
리와 꼬리를 끊어내고 본질로 돌아가야 한다. 시인은 이
점을 너무나 잘 알고 있다. 그래서 극한상황을 사랑하
고, 그곳에서 비본질을 제외한 본질과 조우하려고 한다.
이 시에 등장하는 '겨울 강' 역시 요청된 극한상황의 하
나이며 앞서 등장한 사막의 다른 말이다.
　　그의 마음은 내내 겨울 강을 키우고 있었던 것으로 보
인다. 그래서 실제 겨울 강을 마주했을 때, 마음속 겨울
강이 호응하는 소리를 들었을 것이다. 그 강의 목소리와

자세는 바로 시인의 것이다. 그는 강이 흐르는 것처럼 끝없이 시로 흐르고 있었고, 강이 존재하는 것처럼 여전히 시인으로 존재하고 있었다. 다만 그 강은 저 밑바닥에서 낮은 자세로 기다리고 있었을 뿐이다.

> 간혹
> 외로움이
> 짐승처럼 울부짖더라도
> 당신, 속
> 겹겹의 빗장 걸어 가둬 두시길
>
> —「독락」 부분

「독락」이라는 시를 「겨울 강」과 함께 읽으면, 지난 시절 겨울 강이 왜 엎드려 숨죽였는지를 이해할 수 있을 것이다. 아이들을 키우면서 시인은 '강'의 목소리를 들었으리라. 가정을 꾸리고 다정한 이웃을 만나는 동안에도 '강'의 소리를 들었으리라. 그러나 그는 고독하고 애처로운 '강'의 목소리를 애써 외면한 적도 있었으리라. 마음의 겨울 강은 혼자 가는 세계에서만 외롭고 고독하게 존재할 수 있으니까, 함께 가는 세계를 위해 미뤄두어야 했으리라. 그러나 이제 시의 부름은 턱밑에 임박하여, 더 미룰 수 없다는 사실을 시인은 알게 되었다.

시의 세계로 돌아갈 때가 되었다는 사실을, 시인은 마음에 키우던 겨울 강과 조우하면서 알게 되었다. 저 춥고 고독한 강, 마음속에 오래 흐르고 있던 내면을 바라보는 시인의 시선은 애처롭고 애정어려 있다. 시의 운명은 그 안에서 참 오래도록 인내해 왔던 것이다.

3. 데메테르의 접점이 만든, '얼룩'이라는 말

그의 시심詩心이 '강'이라면, 강가에 묻어 놓은 시의 언어는 어떠할까. 그것은 강물에 씻겨 신선하며, 시간에 걸쳐 있어 노련하다. 신선하며 노련한 언어는, "풍비할 것 같은 낯선 권법"(『꿈은 먼 곳에』)이라는 시구처럼, 낯선 시법으로 이어진다. 김선아의 시를 읽으면 시인의 나이를 가늠하기 어렵다. 감각은 젊고, 이미지는 육중하며, 표현은 새롭다. 오래 쓴 이의 특징과 막 쓰기 시작한 이의 특징이 그의 작품 안에 공존한다. 나아가 그의 이미지에는 자발적으로 침잠된 세계의 환영, 구도자의 달콤하고 쓰디쓴 고통, 시의 원천에 관한 절대성이 고루 드러나 있다.

나아가 이 세계들을 가로지르는 원리의 하나로서, 밝음과 어둠의 분화에 주목할 수 있다. 그의 작품에서는 환한 삶의 생명력이 강조되기도 하고, 꽃 지고 어둑한 날의 적막이 주요하기도 하다. 비유컨대 김선아 시인의 시세계는 데메테르의 사계四季와도 같다. 일 년의 반절은 밝고 환하게 생명을 피워내는, 그러나 일 년의 반절은

적막한 고독의 세계로 침잠하는 데메테르의 이중성이
이 시집의 볼륨을 키우고 있다.

「나는 가야지」「겨울 강」「까맣다」「봉쇄수도원」 등 1부
의 주요 시편들은 어둠의 시, 혹은 겨울 시에 해당한다.
이 시들은 공통적으로 적막의 울음을 읽어낸다. 「11월에
드는 샤콘느」 역시 고독의 민낯을 섬세하게 드러낸다는
점에서 같은 계열로 읽을 수 있다.

> 파경破鏡 조각 삼켰을까, 어스름이
> 저수지 아래로
> 만장輓章처럼 주저앉는다.
>
> 싸늘한 갈바람이 우후 빗발친다. 무정한 사람의 눈빛이
> 다.
> 눈물 닦아라, 막막함이 사랑이다. 등 두드려 주는 건 실
> 컷 울고 난
> 새의 목덜미같이
> 구부러진
>
> 적막뿐,
>
> 터널 속으로 재빨리 사라져가는 기차에게 위안은 무엇이
> 었을까, 어스름이
> 약사발빛 어둠 쪽으로 오므려 앉는다.
> ─「11월에 듣는 샤콘느」 전문

마음이 무너져 본 사람만이 이 시를 이해할 수 있을 것이다. 말로는 형용할 수 없을 듯한 무너짐을, 이 시는 이미지와 정서로 표상해 낸다. 어스름이 저수지 아래로 만장처럼 주저앉는다니. 실컷 울어서 등이 새의 목덜미처럼 구부러졌다니. 이런 구절들을 읽으면 '낙심'이라는 말을 이해할 수 있을 것만 같다. 두려움 없는 적막, 흔들림 없는 쓸쓸함. 김선아 시인에게는 이토록 깊고 짙은 세계가 있어 독자로 하여금 그의 세계에 동참하도록 이끈다.

이 시인은 어둑한 마음에 특화된, 야행성의 시각을 가졌는가 싶더니 또 다른 시편들에서 그는 전혀 다른 면모를 드러낸다. 초록이 우거지고 나무와 꽃이 피어나는 생명의 세계, 즉 「느티나무의 스킨십」이라든가 「세상은 꽃밭이다」「나를 담아 본다」「얇은 귀」로 표상될 수 있는 봄의 시편들이 그 세계에 해당된다.

삿대질하는 사람의 핏대도 끌어당겨 스킨십,
달빛과 별빛은 더 오래 끌어당겨 스킨십,
느티나무 권역에 들면 오싹한 진땀조차
수줍고 푸르다.

스킨십은
그림자를 안아 뉘면 비로소 그늘이 되는 긍정의 전류,
그래서 파르르 떠는 버릇을 가졌나.

다만 내 그림자가 편안하고 따뜻해지려는지
느티나무 손가락을 꽉 쥐고는
미간을 파르르 떤다.

— 「느티나무의 스킨십」 부분

봄의 시들을 읽으면 든든하다. 따뜻함에 대한 시인의 긍정이 강하게 작용해 있기 때문이다. 이 시에서는 느티나무가 구체적인 표상으로 등장해 생명의 원천을 시각적으로 보여주고 있다. 나무가 지닌 힘에 대해서 시인은 경이로운 눈길로 묘사한다. 그것은 삿대질하는 사람마저 잠재우고, 오싹한 진땀을 변화시키며, 그림자를 그늘로 변화시키는 힘을 지녔다. 이렇듯 생명의 원천에 대해 시인은 무한한 신뢰를 보인다.

이런 따뜻함은 직접 경험해봐야 알 수 있는 것이다. 따뜻한 색감의 불빛을 아무리 상상하고 들여다봐도 직접 손을 대고 느껴보지 않으면 따뜻함을 이해할 수도 없고, 더더군다나 믿을 수도 없다. 이 시에 등장하는, 온기에 대한 신뢰 역시 삶의 경험을 통해 실천적으로 학습된 것으로 보인다. 그는 느티나무적인 속성을 경험해봤으며, 그 속성이 주는 따뜻함을 익히 알고 있다. 그것과 접속하면 어두운 그림자마저 편안하고 따뜻해진다는 구절에서, 이 시인이 느티나무적인 삶의 방식으로 세상의 징검다리를 건넜음을 알 수 있다.

눈물 한 방울
—무서워
곁에 있던 눈물방울의 어깨에 기댄다.
—이리 와
와락
와락
서로의 몸 깨뜨리니
바다가 되었다.
풍랑도, 빚쟁이도, 바퀴벌레도, 날벼락도
하나도 무서울 게 없는
넓고 깊은 바다가 되었다.

—「가족」 전문

　때로 고단하였으나 이 시인에게는 삶에 대한 신뢰가
있다. 삶을 풍파로 기억하기보다, 온기와 애정으로 기억
한다. 사랑받고 사랑하였으며, 그 몸짓들이 얼마나 소중
한 줄을 알고 있다. 시집에 담긴 시편들을 읽어보면 삶
과 사람에 대한 깊은 애정을 쉽게 발견하게 된다. 이러
한 사랑의 경험 없이 봄의 시를 쓰는 것은 불가능했을
것이다. 시인이 삶을 사랑으로 이해할 수 있었던 기반은
사람이다. 학교와 사회에서 만난 순진무구한 아이들, 그
리고 결정적으로는 가족을 통해 시인은 사람에 대한 도
타운 사랑을 확신하게 된 것으로 보인다.
　순수하게 사랑의 마음이 시켜서 쓴 「가족」이라는 시를
보면 느낄 수 있다. 애정이 밀어올린 자연발생적 작품이

랄까. 과도한 수식도 필요 없이, 길게 꾸미고 만들 새도 없이 이 시는 금세 탄생되었을 것이다. 연약한 한 사람이 연약한 다른 사람을 만나 서로 의지하자 가족이 만들어졌다. 이때 가족 구성원의 총합은 산술적인 합 이상의 의미, "넓고 깊은 바다"가 된다. 시인은 직접 그 바다를 만들었기에, 그리고 그 바다에 살았기에 마음과 마음의 결합이 중요하다는 것을 안다. 나아가 마음의 힘이 얼마나 센지 충분히 신뢰하고 있다. 그러므로 이 시집에 등장하는 모든 봄 시들은 사실상 계절의 봄이라든가, 자연계의 식물들에 국한되어 있지 않다. 김선아 시인이 말하는 봄 시들은 개인을 벗어난 '더불어'의 의미, 사람과 사람, 애정과 애정, 그 사이에 피어나는 온기까지를 겨냥하고 있다.

4. 봄과 겨울의 교직과 변증법적 진실

요컨대 이 시집의 세계는 중층적이다. 그럴 수밖에 없는 것이, 이 시집은 매우 오랜 기간의 퇴적층을 지층으로 삼고 있기 때문이다. 40년간 한 시집이 모색되었다면 단일한 한 세계만을 노래할 필요가 없지 않을까.

이제 시집의 중층성을 보다 구체적으로 말해 보자. '사막'과 '겨울 강', 고독과 적막의 세계가 시집 이편에 있다. '바다'와 '나무', 긍정과 사랑의 세계가 시집 저편에 있다. 시집의 어느 장은 겨울 시에, 어느 페이지는 봄 시에 바쳐져 있다. 시의 어느 정서는 온기에, 어느 정서는 소슬함에 맞춰져 있다. 그의 시집 자체가 마치 데메테르의 노래인 듯, 시집 안에는 봄과 겨울이 편직을 이루어 직조되어 있다. 땅 위에서 봄이 가고 겨울이 오며, 겨울이 가고 봄이 오는 것처럼 자연스럽게 봄의 시와 겨울의 시가 서로 앞서거니 뒤서거니 하나의 시집을 이룬다. 겨울의 한 획과 봄의 한 획이 차례차례 오가며 무늬를 만드는 것. 그 무늬를 발견하는 일이 바로 이 시집을 읽는 기쁨이다.

복잡다단한 우리네 삶이 그런 것처럼 어느 순간 시인은 지극히 고독한 자였다가, 다음 장면에서는 지극히 따뜻한 자가 된다. 이 땅에 봄이 오고 겨울이 가면서 토양은 두터워지고 사연은 늘어가듯이 김선아 시인의 봄과 겨울도 두터운 시정詩情과 작품으로 직조되어 간다. 삶의 원리와 그 원리를 닮은 시인의 작품들을 통해 우리는 이 시집의 제목이 어째서 '얼룩이라는 무늬'가 되어야 했는지 이해할 수 있다.

시집에는 「얼룩이라는 무늬」라는 작품이 포함되어 있지만, 시집의 제목은 그 시 하나만을 염두한 것이 아니다. 김선아 시인에게는 하얀 봄의 심경心境과 검은 겨울의 심경心境 모두가 진실이다. 삶을 충분히 사랑하고 섬겼던 것이 하얀 봄의 입장이라면, 내면의 깊은 곳에서 고독한 시심이 울었던 것이 검은 겨울의 입장이다. 사람으로서 사랑하고 살았던 것이 봄의 심정이라면, 시인으로서 밤 지새우고 괴로웠던 것이 겨울의 심정이다. 이러한 교차, 즉 봄과 겨울의 오고감, 봄의 충만한 애정과 겨울의 고독한 추위가 한 차례씩 지나가면서 시인의 오늘은 존재할 수 있었다.

그래서 이 시집은 얼룩말의 얼룩무늬처럼, 어느 한쪽 편을 들지 않은 '얼룩'의 이미지로 종합된다. 시인의 '얼룩'이라는 표현에는 변증법적인 진실이 숨겨져 있다. 정리되지 않는 삶의 현장이, 굳이 정의될 필요 없는 삶의 다양성이 중요하다고 시인은 말한다. 앞서 사람과 사람이 만나면 그 총합은 산술적 합보다 컸다. 사람과 사람, 눈물과 눈물은 함께할 때 '바다'가 되었다. 이런 산술은 이 시집 전체에 적용 가능하다. 봄과 겨울이 만나서, 사람과 적막이 만나서, 따뜻함과 추위가 만나서 하나가 되면, 그 총합은 산술적 합보다 크다.

총합, 그러니까 시인이 선택한 아름다운 '얼룩', 삶과 내면을 가로지르는 바로 그 진실 말이다.